Union St. Valier de Québec

Règles et règlements

Antigonos

Union St. Valier de Québec

Règles et règlements

Réimpression inchangée de l'édition originale de 1871.

1ère édition 2024 | ISBN: 978-3-38814-508-2

Antigonos Verlag est une marque de Outlook Verlagsgesellschaft mbH.

Verlag (Éditeur): Outlook Verlag GmbH, Zeilweg 44, 60439 Frankfurt, Deutschland, info@outlook-verlag.de
Vertretungsberechtigt (Représentant autorisé): E. Roepke, Zeilweg 44, 60439 Frankfurt, Deutschland
Druck (Imprimerie): Libri Plureos GmbH, Friedensallee 273, 22763 Hamburg, Deutschland

REGLES ET REGLEMENTS

DE

L'UNION ST. VALIER

DE

QUEBEC

FONDÉE EN JUIN 1869

QUÉBEC
DES PRESSES À VAPEUR DE *L'ÉVÉNEMENT*
No. 1, rue Buade, Haute-Ville

1871

34 Vict., 1870.

Acte pour incorporer " L'Union Saint-Valier de Québec."

ATTENDU que le président et un certain nombre des membres de " L'Union Saint-Valier de Québec" ont, par leur pétition, représenté à la législature que cette association a été formée dans un but de secours mutuel, dans le cas de maladie ou infirmité de ses membres, et pour fournir aux veuves et enfants des membres décédés certaines allouances et indemnités ; et attendu que les membres de cette association demandent, par leur requête, qu'ils soient incorporés ; et considérant qu'il est expédient d'accéder à leur demande ; A ces causes, Sa Majesté, par et de l'avis et du consentement de la législature de Québec, décrète ce qui suit :

I. MM. Ed. Lemieux, Joseph Plamondon, Louis Gravel, Charles Légaré, J. Richard, Léger Cantin, Chs. Guay, Joseph Beaudoin, Louis Richard, O. Rochette, Prisque Cloutier, Ant. Parant, J. Bte. Ginchereau, Jos. Blondeau, John Davidson, D. Guay, et telles autres personnes qui sont aujourd'hui membres de la dite association ou qui le deviendront par la suite en vertu des dispositions du présent acte ainsi que des règlements faits en vertu d'icelui, seront et sont par le présent constitués un corps politique et incorporé sous le nom de " L'Union Saint-Valier de Québec," et sous ce nom pourront exercer tous et chacun les pouvoirs généraux dont les corps politiques sont revêtus, eu égard toujours aux dispositions du présent acte, et pourront en outre de tout titre légal, avoir et posséder toutes propriétés mobilières et·immobilières et pourront les hypothéquer, aliéner, louer ou en disposer autrement, en tout ou en partie, de temps à autre et suivant l'occasion, et en acquérir d'autres à leur place, pourvu que ces immeubles n'excèdent pas la valeur annuelle de quatre mille piastres au-delà des besoins de la dite corporation.

II. Tous les biens meubles et immeubles de la dite association et tous les droits et réclamations d'icelle deviendront la propriété de la dite corporation, et les membres de la dite corporation ne seront pas tenus personnellement responsables de ses obligations.

III. Les règlements de la dite association, s'ils ne sont pas contraires au présent acte et aux lois de cette province, seront les règlements de la dite corporation, jusqu'à révocation ou amendement, conformément à l'acte d'incorporation ; et les officiers actuels seront ceux de la dite corporation jusqu'à ce qu'il en ait été élu d'autres, conformément aux règlements et à la loi.

IV. La majorité des membres de la dite corporation, présents à toute assemblée tenue ou convoquée conformément aux règlements de la corporation alors en force, aura plein pouvoir et autorité d'établir tous règlements pour le gouvernement de la corporation, l'administration de ses affaires, l'admission de nouveaux membres, les séances de la société, de ses directeurs ou officiers, la fixation des contributions annuelles ou mensuelles ou autres qui seront payées par les membres, l'élection ou nomination des officiers, et pour définir leurs pouvoirs, et pour la gouverne et conduite des dits administrateurs et officiers et des membres de la société, et elle aura le pouvoir d'imposer par tels règlements une amende ou pénalité n'excédant pas dix piastres courant pour infraction des dits règlements.

V. La société aura aussi plein pouvoir de régler les conditions auxquelles toute personne continuera d'être membre, de déterminer les secours qui seront accordés aux membres dans le cas de maladie, de vieillesse ou d'infirmité, et généralement faire et établir tous les règlements qui lui paraîtront nécessaires pour que la dite corporation puisse atteindre efficacement et par tous moyens légitimes le but pour lequel la dite association a été formée.

VI. Tous tels règlements pourront être abrogés, changés ou amendés par tous règlements subséquents, pourvu que tels changements aient été proposés à une assemblée mensuelle antérieure et adoptés par une majorité des deux tiers des membres présents.

VII. La dite corporation sera tenue de faire un rapport annuel au lieutenant-gouverneur et aux deux branches de la législature, indiquant l'état général des affaires de la corporation, lequel dit rapport sera présenté dans les premiers vingt jours de chaque session de la législature.

VIII. Nulle somme d'argent accordée par la dite corporation, en vertu de sa constitution ou de quelqu'un de ses règlements, à titre d'aide ou de secours à quelqu'un de ses membres lorsqu'il sera malade, ou à la veuve ou aux orphelins d'un membre décédé, ne sera sujette à saisie soit avant ou après jugement ; pourvu toujours que rien en la présente section ne porte atteinte en quoi que ce soit au droit de tout créancier par rapport à une somme due par la corporation à quelqu'un de ses membres, en conséquence d'un contrat ou d'une entreprise conclue entre la dite corporation et tel membre.

IX. Toutes souscriptions ou pénalités dues à la dite corporation, en vertu d'aucun de ses règlements, pourront être recouvrées au moyen de poursuites faites au nom de la dite corporation ; mais un membre pourra se retirer de l'association, en tout temps, en par lui payant tout ce qu'il devra à la dite corporation, y compris sa souscription pour l'année alors courante.

RÈGLES ET RÈGLEMENTS

DE

L'UNION ST. VALIER

DE

QUÉBEC.

Articles.

ARTICLE 1er.—Les Membres de "*l Union St. Valier de Québec*" s'assembleront, afin de mettre à exécution les objets de la société, le premier mercredi de chaque mois de l'année à sept heures P. M. en hiver, et à huit heures P. M. en été ; et dans le cas de non *quorum* ou que l'assemblée n'aurait pas lieu pour quelque cause que ce soit, la dite assemblée sera et demeurera ajournée de droit au premier mercredi du mois suivant, pourvu toujours que le jour de l'assemblée ne tombe pas un jour de fête d'obligation, dans lequel cas l'assemblée mensuelle aura lieu le mercredi de la semaine suivante.

ARTICLE 2.—Le *quorum* des assemblées mensuelles sera de neuf membres, et celui des Directeurs ci-après mentionnés sera de trois.

Article 3.—Toutes motions faites, séance tenante de la dite société, le seront par écrit et seront secondées par l'un des membres présents et remises au président, qui en fera lecture et les soumettra ensuite aux voix, en se conformant aux Règles et Règlements de la dite société, et il sera procédé sur icelles tel que de droit.

Article 4.—Les membres de la dite société éliront annuellement, par scrutin ou de vive voix s'il n'y a pas d'opposition, à l'assemblée qui aura lieu le premier mercredi du mois de juin, un président, un vice-président, un secrétaire, un secrétaire-adjoint, et cinq directeurs; et les affaires de la dite société seront conduites et les Règles, Règlements et décisions d'icelle seront mis à exécution par les susdits officiers, chacun dans sa capacité officielle et respective et d'après les pouvoirs conférés à chacun d'eux, et la loi et les Règles et Règlements de la dite société.

Article 5.—Aucun membre de la dite société ne pourra être élu comme officier sans être membre franc, c'est-à-dire sans avoir été membre deux ans et payé deux années de contributions.

Article 6.—En cas de mort d'aucun des officiers de la dite société, ou de maladie empêchant aucun des dits officiers d'assister aux assemblées durant l'intervalle de trois mois ou d'absence pendant trois mois, dans tout et chaque tel cas, il sera procédé, après l'expiration des dits trois mois ou lorsque le décès aura été constaté, à l'élection de nouveaux officiers pour remplacer ceux décédés, malades ou absents, lesquels nouveaux officiers ne resteront en office que jusqu'à l'époque de l'élection générale suivante.

ARTICLE 7.—Les dits officiers resteront en office depuis le jour de leur élection jusqu'au premier mercredi du mois de juin suivant, et si l'élection n'a pas lieu ce jour là, ils resteront en office, dans ce dernier cas, et continueront à remplir les devoirs de leur charge jusqu'à ce qu'ils aient été remplacés par de nouveaux officiers ou réélus à l'assemblée subséquente.

ARTICLE 8.—Si l'élection des susdits officiers n'a pas lieu comme susdit pour quelque cause que ce soit, elle aura lieu à la première assemblée suivante.

ARTICLE 9.—Le Président ordonnera et surveillera l'exécution de toutes les Règles, Règlements et décisions de la dite société en séance ; et toutes les questions agitées dans la société, non pourvues autrement, seront décidées par la majorité des voix des membres présents.

ARTICLE 10.—En l'absence du Président, le Vice-Président présidera l'assemblée, et si tous les deux sont absents, les membres présents choisiront un Président *protempore* pour présider l'assemblée.

ARTICLE 11.—Dans les questions à décider par la majorité des voix, le Président ou la personne qui présidera l'assemblée, ne votera que lors de l'égal partage des voix.

ARTICLE 12.—Le trésorier et le secrétaire tiendront au net chacun un journal ; le secrétaire entrera fidèlement dans son journal tous les procédés de la dite société, et il gardera et sera responsable de tous les livres, papiers, et effets appartenant à la dite société, sauf et excepté les papiers et livres du trésorier et des directeurs qui resteront entre leurs mains ; le trésorier tiendra aussi au net, un journal dans lequel il fera des entrées fidèles de tout ce qui se rattache à sa charge et à ses devoirs, tel que les recettes, dépenses, etc.

ARTICLE 13.—Le trésorier et le secrétaire recevront tous les argents provenant de l'admission et des contributions mensuelles des membres ou de l'intérêt des fonds appartenant à la dite société, et paieront, lorsqu'ils en auront été dument autorisés par un ordre ou résolution de la dite société à cet effet, ou par la majorité d'icelle, toutes demandes ou réclamations contre la dite société ; ils feront des entrées dans leurs livres respectifs des recettes et dépenses, et en rendront un compte à l'assemblée tous les trois mois, montrant chaque item des recettes et dépenses, pendant le dit temps. Et à l'assemblée du mois de juin chaque année, et à défaut de l'assemblée en juin, à l'assemblée suivante, ils produiront un compte général des recettes et dépenses effectuées pendant l'année, item par item, accompagné des pièces justificatives ; lequel compte tant trimestriel qu'annuel, sera référé aux directeurs qui l'examineront et constateront s'il est, correct et correspond avec les affaires de la dite société et lui en feront rapport.

ARTICLE 14.—En l'absence du secrétaire le secrétaire-adjoint agira et aura les mêmes pouvoirs que le secrétaire de la dite société.

ARTICLE 15.—Le trésorier sera tenu de déposer dans une banque qui lui sera indiquée par la dite société ou la majorité des membres présents à l'assemblée, tout le montant versé entre ses mains depuis son dernier dépôt ; pouvant toutefois garder par devers lui la somme de vingt piastres courant pour faire face aux allouances accordées, ou à toute autre dépense nécessaire.

ARTICLE 16.—En l'absence du trésorier à l'assemblée, le secrétaire recevra seul et fera remise au dit trésorier du montant versé entre ses mains ; mais dans tel cas, le trésorier sera tenu d'aller chercher l'argent chez le sécretaire, et il le déposera de la même manière que s'il l'avait reçu lui-même, ces dépots seront faits au nom et au crédit de la dite société, et ils n'en seront retirés que sur un chèque signé du président, du secrétaire et du trésorier.

ARTICLE 17.—Les directeurs examineront aux assemblées trimestrielles et annuelles, les livres tenus par le trésorier et le secrétaire, prendront connaissance des affaires de la dite sociéto et de la manière dont elles sont conduites, et feront rapport sur le tout à la société à l'assemblée suivante.

ARTICLE 18.—Les directeurs tiendront un livre

ou journal des procédés de leur comité, ainsi que des différents rapports qu'ils soumettront à la dite société, lequel journal leur servira en outre dans l'examen qu'ils feront des livres du trésorier et du secrétaire.

ARTICLE 19.—Les directeurs seront tenus de visiter les membres malades, à la demande du président, et de lui en faire rapport, lequel rapport sera soumis par lui à l'assemblée suivante.

ARTICLE 20.—L'argent provenant des fonds de la société ne sera prêté qu'aux membres ; l'emprunteur, en outre de ses garanties réelles, fournira deux cautions qui donneront également des sûretés hypothécaires, le tout suivant qu'il en sera décidé par la société ; il ne sera pas prêté à la même personne une somme moindre que celle de cinquante piastres, ni plus que deux cents, et le prêt ne pourra être fait pour plus d'un an. Le terme sera prolongé et continué de droit, par le consentement tacite de la société, jusqu'au paiement ou demande de remboursement par la dite société.

ARTICLE 21.—Tout membre de la société qui désirera emprunter de l'argent de la dite société s'adressera au président, secrétaire ou au trésorier, et leur soumettra sa demande par écrit, avec les titres des propriétés qu'il entend hypothéquer pour sûreté de l'emprunt, ainsi que les noms des cautions qu'il entend offrir et fournir, et les titres de leurs garanties et certificats d'enregistrement ;

et les dits officiers ou deux d'entre eux, au moins, examineront le tout et feront rapport à la dite société, à sa plus prochaine réunion, de leur opinion sur l'emprunt demandé et la solvabilité offerte ; lequel rapport sera soumis à la dite société pour être approuvé ou rejeté par la majorité, et dans le cas où les dits officiers auraient le moindre doute sur la solvabilité de l'emprunteur ou des cautions, ils devront consulter le procureur de la société.

ARTICLE 22.—Si la dite société décide que l'emprunt demandé sera effectué, il en sera passé acte authentique entre l'emprunteur et la dite société, qui sera réprésentée au dit acte par le président, le secrétaire et le trésorier qui accepteront et signeront telle obligation pour et au nom de la dite société.

ARTICLE 23.—Tous contrats, marchés ou conventions quelconques qui auront été approuvés ou autorisés par la dite société, seront aussi acceptés et signés pour la dite société par les dits président, secrétaire et trésorier.

ARTICLE 24.—Tout homme de bonnes mœurs et jouissant d'une parfaite santé, résidant dans le district de Québec, étant âgé de vingt-et-un ans, et n'ayant pas plus de trente-cinq ans, pourra devenir membre de la société après avoir été ballotté et élu par les quatre cinquièmes des membres présents à l'assemblée subséquente à celle où il aura été proposé, et tous les membres présents auront droit de voter.

Si le membre proposé est âgé de vingt-et-
un ans et pas plus de vingt-cinq, il paiera
pour son admission la somme de deux
piastres.......................................$2 00
S'il est âgé de vingt-cinq ans et pas plus de
trente, quatre piastres.........................$4 00
S'il est âgé de plus de trente ans et pas plus
de trente-cinq, six piastres...................$6 00

Et aucune personne qui aura été rejetée par
ballottage, deux fois, ne sera pas proposée de nouveau ; et l'entrée sera payée à l'assemblée où les
aspirants seront proposés, et telle entrée leur sera
remise s'ils ne sont pas admis.

ARTICLE 25.—Les aspirants devront également
fournir à la société, à l'assemblée où ils seront
proposés, un extrait de baptême, ou un affidavit
attestant leur âge, avec un certificat signé par au
moins trois membres de la dite société attestant
que telle personne est de bonne mœurs, jouit
d'une parfaite santé, et est dans l'âge prescrit par
les règles.

ARTICLE 26.—Tout membre paiera d'avance une
contribution mensuelle de vingt-cinq centins, le
jour de chaque assemblée. Et tout membre arriéré de douze mois et qui négligera de payer au
moins un mois de contribution à l'assemblée à
laquelle il sera constitué être arriéré des dits douze
mois, sera notifié par le secrétaire comme étant en
défaut pour douze mois de contribution, et si le
membre arriéré ne paie pas à l'assemblée suivante,

le président ou la personne qui présidera, le dénoncera comme ayant treize mois d'arrérages, et à l'assemblée du quatorzième mois, s'il n'a pas payé les dits arrérages, le président, ou la personne qui présidera à telle assemblée, le déclarera expulsé de la dite société et privé de toutes réclamations contre elle.

Article 27.—Tout membre franc qui sera devenu vraiement incapable de suivre son métier, sa profession ou ses occupations soit par cause de maladie, ou parce qu'il sera estropié ou devenu aveugle, ou par l'âge ou par toutes autres causes quelconques, et qui réclamera l'assistance de la dite société, sera tenu d'en donner avis au président, par écrit, mentionnant dans le dit avis la nature de sa maladie et qu'il est incapable de travailler, sur quoi le président référera la demande de tel membre réclamant aux directeurs, qui visiteront sans délai tel membre malade et en feront un rapport au président, lequel rapport sera soumis par lui à l'assemblée mensuelle suivante ; et si la majorité de l'assemblée décide que tel membre réclamant des secours, y a droit, tel membre recevra de la dite société trente-trois cents un tiers par jour, tout le temps de la durée de sa maladie ; pourvu toujours que le temps de la maladie de tel membre n'excède pas trente-six jours, aucun membre n'ayant droit de recevoir cette somme de trente-trois cents un tiers par jour, pendant plus de trente-six jours de maladie, chaque année ;

nulle application, pour moins de six jours de maladie, ne sera accordée, et les arrérages de contributions alors dus par le membre réclamant, seront retenus sur le montant de telles allouances de maladie. Les directeurs pourront exiger du malade un certificat de médecin, lorsqu'ils le jugeront nécessaire.

ARTICLE 28.—Il ne sera accordé aucune allocacation à un membre dans aucun cas de maladie ou de décès survenu par suite d'intempérance ou de mauvaise conduite.

ARTICLE 29.—Tout membre résident à une distance de plus de cinq milles de la ville, qui réclamera l'indemnité de la part de la dite société, pour les causes susdites, sera tenu d'en faire la demande par écrit au président, accompagnant icelle d'un certificat signé par un membre du clergé, un médecin, ou un juge de paix de la paroisse ou village où tel membre résidera, lesquels certificat et application seront soumis à l'assemblée suivante par le président, et telle demande ainsi que le réclamant seront sujets et soumis aux mêmes règles que celles appliquées aux membres de la ville ; et les dits réclamants pourront aussi êtres soumis à la visite des directeurs de la société.

ARTICLE 30.—Tout membre qui laissera la province pour aller résider à l'étranger, pourra continuer à faire partie de la dite société, en se conformant aux règles de la dite société de la même manière que les membres résidant à Québec, et

tout tel membre jouira des mêmes droits et privi-
léges, et pourra payer par avance au trésorier sa
contribution pour le temps qu'il jugera à propos,
et en cas de mort, le surplus payé par tel membre,
en sus de ses contributions mensuelles jusqu'au
moment de son décès, sera remis à la personne qui
y aura légalement droit.

ARTICLE 31.—Au décès de la femme d'un membre
qui aura payé au moins six années de contributions, la somme de douze piastres sera allouée à
tel membre, pourvu que la demande en soit faite à
la société dans le cours des premiers trois mois
après tel décès.

ARTICLE 32.—Au décès d'un membre franc, une
allouance sera accordée pour la veuve, les enfants
ou les héritiers, de la manière suivante : Les membres qui auront payé deux années complètes de
contributions auront droit à un par cent sur les
fonds à intérêt de la dite société ; ceux qui auront
payé quatre années, auront droit à deux par cent,
et ceux qui auront payé pendant six années, ou
plus, auront droit à trois par cent.

ARTICLE 33.—Pour maintenir l'ordre dans l'assemblée, le président aura droit de suspendre jusqu'à une nouvelle séance toute question ou discus-
sion de nature à troubler cet ordre, les membres
pouvant toutefois en appeler à la décision de l'assemblée, à la majorité de laquelle chacun sera tenu
de se conformer.

ARTICLE 34.—Tout membre qui se comportera

d'une manière impropre, ou troublera l'ordre à aucune des assemblées de la dite société, sera sujet à être expulsé de telle assemblée par ordre du président ou de la personne qui présidera telle assemblée ; et si tel membre interrompt de nouveau le bon ordre à quelqu'autre assemblée subséquente, il pourra être expulsé de la société, par un vote au scrutin des quatre cinquièmes des membres présents pris à l'assemblée qui suivra celle où motion de telle expulsion aura été faite par un des membres de la dite société.

ARTICLE 35.—Tout membre pourra se retirer de la dite société, en donnant avis par écrit au secrétaire qui en fera rapport à l'assemblée suivante, lequel rapport sera enregistré dans les livres de la dite société ; et tel membre sera tenu de payer les arrérages dûs par lui à la dite société, et, à défaut de ce faire, il pourra être poursuivi pour le remboursement des dits arrérages.

ARTICLE 36.—Les règles et règlements de la dite société pourront être modifiés, amendés ou abrogés, ou de nouvelles règles pourront être proposées par aucun des membres de la dite société, en en donnant avis par écrit spécifiant les amendements, modifications ou nouvelles règles qu'il se propose de soumettre ; les dits changements demeureront sous considération pendant deux mois, après quoi ils ne pourront être adoptés que par la majorité des deux tiers des membres présents à la deuxième assemblée mensuelle qui suivra celle où l'avis de tels changements aura été donné ; et les dits changements, modifications, amendements ou nouvelles règles n'auront force et effets qu'après avoir été confirmés et approuvés par la cour.

ARTICLE 37.—La dite société pourra être dissoute par le consentement de la majorité des quatre cinquièmes des membres ; et, dans ce cas, le secrétaire sera tenu de notifier par écrit tous les membres individuellement du projet de dissolution de la dite société, lequel projet de dissolution ne sera soumis aux voix qu'à l'expiration de six mois après que l'avis aura été donné tel que ci-dessus.

ARTICLE 38.—Les règlements ci-dessus seront, à compter de leur confirmation et homologation par la cour, les seuls règles et règlements en vigueur, tous les autres étant annulés et révoqués par les présents.

LISTE DES MEMBRES

DE

L'UNION ST. VALIER DE QUEBEC.

AVEC LA DATE DE LEUR ADMISSION.

———

Ed. Lemieux, écr. président.. 1 Juin...... 1869.
Jos. Richard, vice-président.. 1 Juin...... 1869.
Joseph Plamondon, trésorier.. 1 Juin...... 1869.
Joseph Blondeau, secrétaire.. 1 Juin...... 1869.
Joseph A. Fiset, assistant-sec. 1 Juin..... . 1869.
Elie Turgeon, Directeur..... 1 Juin...... 1869.
Joseph Guay   "   ..... 1 Juin...... 1869.
Prisque Cloutier   "   ..... 1 Juin...... 1869.
Honoré Poliquin   "   ..... 1 Juin...... 1869.
Jean Davidson   "   ..... 1 Juin...... 1869.
Louis Gravel.............. 1 Juin...... 1869.
Louis Julien............... 1 Juin...... 1869.
Olivier Rochette........... 1 Juin...... 1869.
Théophile Darveau.......... 1 Juin...... 1869.
Ignace Dugal............... 1 Juin...... 1869.
Gaspard Rochette........... 1 Juin...... 1869.
Honoré Samson......... .... 1 Juin...... 1869.
Désiré Guay................ 1 Juin...... 1869.

Louis Guay..................... 1 Juin...... 1869.
Louis Guenet,.................. 1 Juin....... 1869.
Urbain Allaire................. 1 Juin...... 1869.
Onézime Ouellet............... 1 Juin...... 1869.
Charles Guay.................. 1 Juin...... 1869.
Joseph Beaudoin............... 1 Juin...... 1869.
Louis Richard................. 1 Juin...... 1869.
Léon Plamondon............... 1 Juin...... 1869.
Joseph Richard................ 1 Juin...... 1869.
Charles Légaré................ 1 Juin...... 1869.
Léger Cantin.................. 1 Juin...... 1869.
Joseph Beaulieu............... 1 Juin...... 1869.
Edmond Plamondon............. 1 Juin...... 1869.
Charles Darveau............... 1 Juin...... 1869.
Damase Labrie................. 1 Juin...... 1869.
Jos. Onézime Rhéaume ...... 1 Juin...... 1869.
George Delisle................ 1 Juin...... 1869.
Flavien Genest................ 1 Juin...... 1869.
Jean-Bte. Rochette............ 1 Juin...... 1869.
Joseph Germain............... 1 Juin...... 1869.
Jacques Bonhomme............. 1 Juin...... 1869.
Joseph Laflamme.............. 1 Juin...... 1869.
Elie Galarneau................ 1 Juin...... 1869.
Richard Goudreau............. 1 Juin...... 1869.
Théophile Lebel............... 1 Juin...... 1869.
Léon Fiset.................... 1 Juin...... 1869.
Edmond Fiset................. 1 Juin...... 1869.
Charles Trudel................ 1 Juin...... 1869.
Edouard Houde................ 1 Juin...... 1869.
Ferdinand Jobin............... 1 Juin...... 1869.

Jacques Bourbeau	1 Juin	1869.
Antoine Bonhomme	1 Juin	1869.
Charles Parent	1 Juin	1869.
Joseph Rosa	1 Juin	1869.
George Girard	1 Juin	1869.
Ludger Bonhomme	1 Juin	1869.
Gabriel Bedard	1 Juin	1869.
François Bedard	1 Juin	1869.
Michel Morency	1 Juin	1869.
Jean Royer	1 Juin	1869.
Jean-Bte. Thibaudeau	1 Juin	1869.
Edouard Fréchet	1 Juin	1869.
Cyrille Bertrand	1 Juin	1869.
Joseph Guay	1 Juin	1869.
Jean Barbeau, sen	1 Juin	1869.
Alfred Allard	1 Juin	1869.
George Giguère	1 Juin	1869.
Napoléon Labrecque	1 Juin	1869.
Jean Barbeau	1 Juin	1869.
Grégoire Couture	1 Juin	1869.
Joseph Pepin	1 Juin	1869.
Jean Ampleman	1 Octobre	1869.
Ferdinand Giasson	1 Novembre	1869.
Antoine Parent	1 Novembre	1869.
Nazaire Fortier	1 Décembre	1869.
Joseph Pelletier	5 Janvier	1870.
William St. Pierre	5 Janvier	1870.
Jean-Bte. Ginchereau	5 Janvier	1870.
Onézime Simard	5 Janvier	1870.
Norbert Chomet	2 Février	1870.

Alfred Emond	2 Février	1870.
François Giguère	2 Mars	1870.
Just Masse	2 Mars	1870.
Joseph Charest	2 Mars	1870.
Pierre Isidore Bazin	2 Mars	1870.
Gaspard Germain	6 Avril	1870.
Damase Fiset	6 Avril	1870.
Félix Moffet	6 Avril	1870.
Joseph Octave Giguère	4 Mai	1870.
Cléophas Rochette	4 Mai	1870.
Jean-Bte. Jobin	1 Juin	1870.
Elzéar Julien	1 Juin	1870.
Edouard Gagné	1 Juin	1870.
Wilbrod Armand	6 Juillet	1870.
François Bacon	6 Juillet	1870.
Nicolas Consigny	3 Août	1870.
Pierre Plante	7 Septembre	1870.
Laurent Voyer	5 Octobre	1870.
André Bidégaré	2 Novembre	1870.
Marcelin Rochette	2 Novembre	1870.
François-Xavier Consigny	9 Décembre	1870.
Pierre Allard	9 Décembre	1870.
Napoléon Claise	9 Décembre	1870.
Gédéon Morency	9 Décembre	1870.
Joseph Lapointe	4 Janvier	1871.
Phidime Paradis	4 Janvier	1871.
Jean-Bte. Blouin	1 Février	1871.
Louis Pepin	1 Février	1871.
Narcisse Trudel	1 Mars	1871.
Théophile Corriveau	1 Mars	1871.

Joseph Greffard............. 1 Mars...... 1871.
Joseph St. Pierre........... 1 Mars...... 1871.
Alfred Martin............... 1 Mars...... 1871.
Etienne Légaré............. 5 Avril..... 1871.
Fabien Gagné.............. 5 Avril..... 1871.
Elzéar Gauvreau........... 5 Avril..... 1871.
Napoléon Robitaille.......... 3 Mai...... 1871.
Antoine Petitclerc.......... 7 Juin...... 1871.
Alfred McKay............... 7 Juin...... 1871.
Napoléon Côté.............. 7 Juin....... 1871.
Elie Marcoux............... 7 Juin....... 1871.
Francis Bruneau............ 7 Juin....... 1871.
Louis Richard.............. 7 Juin....... 1871.